夕焼け売り

齋藤 貢
Saitou Mitsugu

思潮社

夕焼け売り

齋藤 貢

思潮社

目次

装画　宮崎 進「漂うひと」
（周南市美術博物館蔵）

夕焼け売り

I

夕焼けについて

不意を打たれて
身構えることすらできなかった、と。

背後から振り下ろされた刃で
深い傷を負ったひとよ。

暮らしを置き去りにして
あれから、ここでは
草木のような息を吐きながらひとは暮らしている。

弔いの列車は
小さな火を点しながら
奪われてしまった一日を西の空へと運ぶ。
車窓に幾たび、夕日が沈んだことだろう。

列車は、沈む夕日のかけらを拾い集め
苦しみを、ひとつ。
悲しみを、ひとつ。
乗客は、息を吹きかけて西の空で燃やそうとしている。

あの日から、この世には痛みも、悲しみもない。
掻き毟られたはらわたのように
怒りや憎しみが黒い袋に詰めこまれて
町の至るところに放置された。

駅舎には
黒い袋をたくさん積んだ貨車が
今日も、出発の時刻を待っている。

片道切符を持って改札口に入ったのは
津波にのみこまれ帰らぬひとだろうか。
ホームを離れて、ふわりと
列車が動き始めると
乗客は、車窓からこちらに手を振る。

やがて、西の空で
列車があかあかと燃えてしまうと
苦しみは薄らいで
わずかにこころは軽くなる。
止まっていた時間が動き始めて

あの日が、少しだけ遠のいていく。

耳を澄ますと
列車の汽笛は、死んだひとの魂のように
ひゅうひゅうと、こころを叩く。

ふるさとは
あかあかとした火に包まれ
今も、夕焼けのように燃えているのだろうか。

夕焼け売り

この町では
もう、夕焼けを
眺めるひとは、いなくなってしまった。
ひとが住めなくなって
既に、五年余り。
あの日。
突然の恐怖に襲われて
いのちの重さが、天秤にかけられた。

ひとは首をかしげている。
ここには
見えない恐怖が、いたるところにあって
それが
ひとに不幸をもたらすのだ、と。
ひとがひとの暮らしを奪う。
誰が信じるというのか、そんなばかげた話を。

だが、それからしばらくして
この町には
夕方になると、夕焼け売りが
奪われてしまった時間を行商して歩いている。
誰も住んでいない家々の軒先に立ち
「夕焼けは、いらんかねぇ」
「幾つ、欲しいかねぇ」

夕焼け売りの声がすると
誰もいないこの町の
瓦屋根の煙突からは
薪を燃やす、夕餉の煙も漂ってくる。

恐怖に身を委ねて
これから、ひとは
どれほど夕焼けを胸にしまい込むのだろうか。

夕焼け売りの声を聞きながら
ひとは、あの日の悲しみを食卓に並べ始める。
あの日、皆で囲むはずだった
賑やかな夕餉を、これから迎えるために。

あの日

盥《たらい》の
冷たい水で
あしうらを洗っている。
それでも
地に撒かれた汚辱が
どうしても、ぬぐえない。
いくら、擦っても
この汚れは
消えてなくならない。

空も、まだ
あの日を抜け出てはいない。

渓谷の冬には
阿武隈の尾根づたいに、峰を越えて
禁句が
空から霙のように降っている。

常緑の森や林に付着したセシウム。
原子記号Cs。原子番号55。
色も臭いもない。半減期30年の、放射性物質。

小春日和のいたるところに
見えない恐怖が、貼りついていて。
見えないからといって

逡巡していると
ふるさとは
どこも、禁忌ばかりの不幸な里山になってしまう。
　大地そのものが不幸を感じ取ったんです[*]。

そういうことか。
あの日
悲鳴をあげたのは、ひとばかりではなかったのか。

冬は
川縁の葉を落として
蕭条とした曇り空を水面に映している。

まだ、ひとのことばは

痛いか。
耐えかねて
また、身構えてしまうか。

＊『チェルノブイリの祈り』（岩波現代文庫）より

火について

例えば、わたしが一粒の麦ならば
愚かな民の末裔として
再び、この地に落ちるだろう。
地に落ちて、きっと楽園の火に焼かれるのだろう。

あの日
父と母は
ここには戻らないとつぶやいて
山をいくつも越えた。
失われた楽園のひかり。

ふるさとを捨てた償いとして
父と母は、いのちの余白に
一粒の種子を撒き
痩せた土地を耕す。
手には、鋤や鍬
父祖の魂を強く握りしめて。

齧る林檎は、甘酸っぱくて
とろける甘美は、火のように喉に苦い。
あのとき
父と母は、なぜこの地を捨てたのか。
ひとは、いくたびも問うた。
あれは、恩寵の火
あるいは、あれは不滅のひかりで
あれは、ほんとうに永遠の火だったかもしれぬのに、と。

あの日から
大地は、日々の痛みにも耐えなければならない。
一日の終わりに
夕焼けのような悔いが西の空を染め
ふつふつと激しい怒りが地の底から湧きだして
止まらぬからだ。

あの日から、傷は癒えない。

畑に立ち尽くす歪んだ顔の父よ。母よ。
こんなにも背後の夕焼けは美しいのに
ここにも、そこにも
たおやかな夕日が地に照り映えているのに。
呪われた火で

今も、ふるさとは燃えている。
幾筋も、こころには深い皺が刻み込まれた。
瓦礫に火が点され、楽園は燃えている。
地の霊も燃えている。
まだ見ぬひとよ。
塵埃のわたしたちは
この痛みに、あとどれほど耐えねばならぬのですか。

寒い火

悔しい、と。
微かに唇から
寒い火が、ひとすじ零れ落ちた。
それから
新しい名が与えられて
あなたは、ひとの世からそっと抜け出した。

抜け殻には、火がともされ
手垢のついていない玄玄の、天のことば。
それに

真新しい絵の具を
この世にひとつ残したまま
さようならも言わずに、あなたは自らを脱ぎ捨てた。

あの日
海には、しんしんと雪が降って
強風も、吹き荒れていて
凍えながら
悔しい、と漏らした最期のひと言。
抜け出すときの、あなたのこのことばが
いまでも、頭から離れない。

　燃えていながら／寒い火というものがある*

この詩人の目にも、末期の火が青白く見えていたのだろう。

火が、ほんとうに寒いのは
それが、取り返しのつかない火だったからだ。

少し俯《うつむ》き、ゆっくりと目を閉じる。
それは、あなたに会いに行くための厳かな作法。
ひとの世では、あなたの名を口にすると
あなたの匂いも手触りも面影も、昔のままに立ち上がるのだが
いのちの火は、舌の上で青白く凍えている。

今も、行方知らずの
ふくしまの空に、絵の具で引っ掻く。
あの日の、炎とひかり。
それもまた、なんと悔しい
寒い火に包まれた故郷の景色であることか。

＊三谷晃一詩集『野犬捕獲人』より

渡るひと

夕刻の空には
満月のひかり。
こちらの岸からあちらの岸へと
ここから、たくさんのひとが渡っていく。

きらきらとひかりが不規則に反射を繰り返していて
白装束に身を包んだひとが
膝のあたりまで川の水に浸りながら
さわさわと、渡っていく。

ぎんいろのすすきの原を
読経のように川の流れる音が聞こえていて
月のしずくが、ひとの肩に降り注いでいる。
不自由な足のまま
あなたも、この川を渡ろうとするのだろうか。
この世にわずかな息を残して
首から上のあたりが
うっすらと明るみはじめてくると
あなたが、枕からふわりと起きあがる気配がした。

腰から下が、冷たい水に包まれて
どこか遠いところに行くひとの出で立ちをしている。
白髪も、眉も
額の深い皺も、唇も
青白く微かなひかりを放っている。

いのちの息が絶えてしまえば
からだはこちらの岸に残していても
身をあかあかと燃えあがらせ
あなたは、渡るひとになる。

いのちが、月にむかって弓のようにはげしく撓み
あれほど揺れていたこころが
静止して、ぴたりと動かなくなった。

壮絶ないのちの果てに。
渡るひとよ。

さくらさくら

さくらさくらが
いっしょに歌えなくなった。
カラダはまだこの世に置いていているけれど
こころは
もうこの世にはない。

さくらさくら、弥生の空は
見渡す限り
霞か雲か♬

ひとの
いのちとは
何なのだろう。
こころとは何なのだろう。

この世は、とても塩辛くて
いのちの
塩分含有量は、約二百gだという。
わずかにしょっぱい海だ。

でも
あなたの海には
もう、浮かべる舟がない。
あなたの歌声は

もう、聞くことができない。

いつのまにか、あなたは
透きとおって
無色透明になって
無味無臭になって

弥生の空に
さくらの花びらのように
散っていったのだろうか。
知らないところへ
誰の手も届かないところへ
霞や雲のように
消え去ってしまったのだろうか。

叶うものなら
もう一度。
あなたの海に
わたしのこころとからだを浮かべて
同じ旋律に揺れながら
いっしょに歌いたかったなぁ。
花盛りの
さくらさくら、を。

　いざや、いざや

わたしはひとりぼっちで口ずさんでいる。

喝采

あなたが、戻って来る。
玄関で少し前屈みになって、履き物を揃えて
それから、着古した上衣を脱いで。

畳に正座して
まず、両親の前で、この世の最期の挨拶をする。
仏間に、両膝をついて。
深くお辞儀をして。

立ち上がると

庭には、もう若葉雨が
しとしとと降り始めている。

季節は夏に移ろうとしているらしい。

畳に敷いた布団に、小さく横になって
あなたは目を閉じる。
菊の、白い首が清々しい。
位牌が置かれ、香が焚かれる。
やがて
あなたを飾ることばが、読み上げられる。
読経の声。
清流のせせらぎが、聞こえてくる。

生まれた家の裏を流れていた広瀬川。

その小川には、ハヤやウグイ。
魚のことばが
小学校の教室には、いっぱい群れていて。

やがて、女学校の制服を着たあなたには
秘められた
淡い恋の、いくつか。
大きな樹にもたれて撮った
スナップ写真の
セピア色の微笑みには
禁じられた恋の、ひとつ、ふたつもあって。

生まれてから、死ぬまで
あなたの人生に、ふさわしいことばを
ひとはいったいどのように語ればよいのだろうか。

ふるさとの山河を越えて
それは
天上へと、送り届けられるのだろうか。

ひとしきり読経を聞いてから
あなたは、半身を起こし
皆の前に、黙礼をする。

ことばなど、いらないだろう。
ここから先は、もうないのだから。
消えていくばかりなのだから。

そう思うと、わたしは
無性に、あなたに触れたくなる。
あなたの匂いにさわりたくなる。

あなたの薄い胸に。
頬に。額に。唇に。
あなたのからだのすべてに。
触れて。
さわって。
撫でて。

読経が終われば
じきに別れとなってしまう。
だから
別れの準備が整う前に
もう一度、あなたに触れておきたい。

うつせみのあなたに

軽く一礼をして、片手を挙げれば
ゆっくりと、幕が下りていく。

下りてしまえば
この舞台からあなたは消えて、二度と戻らない。

舞台の袖から
半身を出して
片手をそっと挙げたのは幼い少女のあなただろうか。

そのとき、どこからともなく
小さな喝采が聞こえてくる。

ひとがこころのなかで叩く拍手だ。

その喝采に包まれて
あなたは、青白く燃える、天上の炎になる。
あなたの歳月がこの世で匂い立つようだ。

Ⅱ

草のひと

あの日
世界《うつわ》の縁が突然に欠けて
こらえきれずに
水は苦悶して、あふれる波となった。
ちぎれた空から落ちてくる水。
避難せよ。直ちに、避難せよ。
土に生きる草のひとは、迷っている。

ここからどこへも動けずに、ためらっている。

どのようにすればよいかもわからぬまま
父と母は、遠い山を越えた。深い川を渡った。
幾度も、幾度も、後ろを振り返りながら。

草は土地に根づくものだから、
草のひとのこころは、千々に乱れている。

かつて、ここには無数の甍がならび
集落の賑やかな日々が
草木のようにそよいでいたはずなのに。
今では、放置されたまま
触れることもできぬ土地になってしまった。
朽ちていく時間が

夕焼けのように思い出を焦がしている。

あの日から
死んだひとは頭《こうべ》をたれて戻ってくるが
その声は、嘆きや悔恨に満ちて
ひとを眠りにつかせない。

だから、草のひとよ。
もっと声高に語れ。
安らかに眠るためには
声を荒げて、何度も言わねばならぬ。
汚れた土地を放置して、無防備に
この地を置き去りにしているのはいったい誰か、と。

その無念を、ひとよ。

喘ぎ声でよい。
限りなく遠くまで聞こえるように
いつまでも、語り続けよ。

草の声や地の声が
遠いひとのこころを激しく揺らし
やがて、死んだひとの魂を鎮めるまで。

ダモクレスの剣＊

そっと
本音を打ち明けてみようか。

見えないのは
こころばかりではない。
頭上には
澄みわたる青空。
だが、そこには見えない痛みが
川のようにながれていて
ひとの屍を洗っている。

罠のように
無数の刃が細い糸で吊されていて
それを知らずにいるなど
今となってはできない話だ。

あの日
一本の糸が、ぷつりと切れた。
海が裂けて
その波が、永遠をふるわせ
見えない恐怖が、刃となって地上に落ちた。

まさか、この美しい空に
鋭い剣の切っ先が隠れていたなんて。

耐えきれない茨と薊《あざみ》の苦しみが
息を殺して潜んでいたなんて。

無惨な死を数えてはならない。
名前のない屍が、冷たい水底に置き去りにされる。

あなたを嘲笑できない。
恐怖をもたらしたのは、誰なのか。
愚かなひと、ダモクレスよ。

頭上には
細い糸で吊された鋭い剣。
ひとには見えない核の刃が
今も、息を潜めて隠れている。

美しく澄みわたった、この青空には。

＊ダモクレスの剣とは、ダモクレスの頭上に吊された剣の故事による。身に迫る一触即発の危険を指す。

禁句

油断をしていると
ひとのこころに
それは、音も立てずに忍び寄ってくる。

こころを癒やす素振りで。
さわさわと、無垢な葉擦れの音を装って。
ひそひそと、こそこそと。

初めは、物陰でこすれあうだけだが
やがては、あちらでもこちらでも

禁句は二枚舌の葉を繁らせて
闇の鋭い目が、ひとつ、またひとつ。
息を潜めてこちらの気配を窺っている。

恐ろしいのは
気づかぬうちに
森の枝葉が、一斉に
後戻りのできない方角に靡いてしまうことだろう。

曖昧な森の
多義的な意味が奪われて
ひとのこころが縛られてしまう。
これは、巧妙に仕掛けられた罠だろうか。

すると、口を真一文字に結んで

ひとは、尖った葉をからだ全体に繁らせてみせるが
それも、一時のこと
やがては、怒りを呑み込み
憎しみを抑えて
おのれの弱さに耐えなければならない。

馥郁とした、花の蜜や甘い果実。
だれが見ても、ここは美しい森なのに
あそこにも
ほら、ここにも
禁句の葉が、一義的な風にそよいで。
無数の耳を大きく開いて。
だれにも有無を言わせぬ。
ひとの会話に耳を澄ませている。
至るところで、不審な気配を窺っている。

たとえ、悲鳴が聞こえても
さわさわと
葉擦れの音が全てを消し去ってしまう。
この森では。

魂《たま》、振る

今もなお、歳月は
敵味方の区別もあいまいなまま
強風のなかで
旗幟《きし》のように振られている。

風の強い一日だ。

あそこで
沼のようにひかるのは
あの日から行方知れずのままの、あなた。

まだ見つからない、いのちの在処《ありか》だろうか。
そして、遠くから
こちらに向かって歩いて来るのは
あの日、この世に帰らなかったひとびと。

ここで、ひとは
もはや、名前すら持てない。
泥をこねて、固めたからだも潰《つい》えて
朝露のように、震えて
かすかなひかりに輝いていているにすぎない。

草木の精霊に呼びかける。
ヒューヒューと鳴る
天籟、地籟に呼びかける。

さぁ、
あまねく、怒りに
空、うち振るわせ
いのちの痛みを、弔《とむら》え。

さぁ、
地上のいのちを激しく揺らして
死者を
魂《たま》、振れ。

激しい痛みを負うひとの
これが
血と肉。

骨と皮ばかりにやせ衰えて

この世から消えてしまったあなたに
ただ一度だけでよい、
会いたい、と。

ひとがひとであるために

手には、鋤《すき》や鍬《くわ》が握られて
苦しみの土地にも、ひとは種をまく。
受け入れる苦悶も、断念も
ひとであるための試練なのだろうか。
ここでは、鋭利なことばの切っ先が
いつも、わたしに突きつけられる。
ひとであるためのことば

ひとであるために選ぶことば

鍬を大きく振り上げて
渾身の力を込めて
この大地に、振り下ろす一撃。

それは、鈍重なことばであってよい。

日々の土地を耕しながら
迷いのことばを、引き抜く。
ことばの豪雨に、ずぶ濡れになって。

受け入れることも
受け入れないことも
いまは、苦渋のことばでしか語れない。

鋭利な両刃のことばによって
ひとは、安らぎ
ひとは、苦しむ。

わたしは、いつも立ち止まって
無防備なおのれに
立ち竦んでしまう。

この地は、病んでしまったのか。
ことばによって、ひとは苦しみ
ことばによって、ひとは分断される。

蝕むのは
ことばの病なのだろうか。

自縄自縛の罠なのだろうか。

思考が切り裂かれて
収まりきらない。
世界が少しずつ病み始めて
ことばも、ひとも、悲鳴をあげている。

この地に種をまき、日々の収穫を喜び
自足するわたしでありたいのに。

引き裂かれている。
ひとがひとであるためのいのちが
右に左に、引き裂かれている

ひとがひとであるために

わたしは
目を閉じて正座する。

ことばの、鋭い刃が
喉元に
いまも、突きつけられているのがわかる。

覚悟

耳を澄ませば
蹄の音が聞こえてくる。

あれから
神々の宴や神馬は
いったい何処へ消えたのか。

祭りの歓楽は
この地でよみがえるのか。

砕けた生活《くらし》を拾い集めて

空にかざしてみる。

夕焼けのむこうに
カーンカーンと響くのは
懸けの森のこだまだろうか。*
阿武隈山嶺の悲しみだろうか。

この町では、あの日から
夕日が沈むことはないのだと、いう。

だから
夕暮れになると、ひとは
懐にしまい込んである思い出を
そっと取り出しては、大通りに並べる。

駅前を歩いているのは
角の煙草屋小町だろうか。
その横で
ぶつぶつ文句を言って下駄をならしているのは
捻り鉢巻きの魚屋。
表具屋も蕎麦屋も菓子屋も
みんな笑顔で
写真に並んでいる。
表通りには
桜吹雪も散って
粋な啖呵も飛び交って
懐かしいね、と
誰かが耳元でささやく声がする。

苦しみも痛みも

まだ、この町では消えない。
雨の日も晴れの日も
かりそめの営みは、まだ続いていて
かりそめの日々に、覚悟を強いてはならない。
無理強いをさせてはならない。

なぜなら
残照のように
紙屑のように
それらはやがて
あかあかと燃え尽きてしまうのだから。
塵埃のように
ぺらぺらと燃え、わたしを奪っていくのだから。

＊懸けの森とは、南相馬市小高区にある森の名。

恐怖について

あってはならないことだが
ここでは
生け贄の羊を屠るように
祭壇で、誰かのいのちが犠牲にされる。

あってはならないことだが
ここでは
とりかえしのつかないあやまちが赦される。

ことばは溺死して

ひとの背中には
恐怖がぴたりとはりついたまま。
あれから、たくさんの大切なものを置き去りにしてきた。

一日、また、一日。
棒のように、こころを尽くしても
ひとは不安で
膝を抱えながら、無言で途方に暮れている。

そうする以外に術はない、と
背中を丸めて、いのちを長らえている。

どうして
見捨てられたのか。
それを問えば、こころは凍りつくだろう。

どこに
置き去りにされたのか。
それを問えば、こころは夕日に沈むだろう。

忘れてはならない。
この地に留まったひとは
いまもなお、死んだひとに語りかけている。

ここでは
まだ、たくさんの
死んだひとの魂を紡いでいる。

恐怖を拭うため。
ろうそくの火に、そっと息を吹きかけて

ひとのあやまちを消そうとして。

火を放て

あの日から
草は疼き、土地は痛みを負った。

その苦しみを、数えあげれば
ひとは、土地に背を向けるだろう。

天からしたたる水は、汚泥をぬめらせ
森の悲鳴を川に集めて、穢れを海へと注ぐ。

穢れを

海に流してしまえば、二重の苦しみを生む。
穢れを
空に帰してしまえば、新たな悲しみとなる。

たとえ罪咎を受け入れても
ひとは、なお許されるのか。

虐げられた土地の
すべてを焼き尽くしても
土地の穢れは、すべて葬られるのか。

穢れてしまった草木よ。
大地よ。
この災いをもたらしたのは、だれか。
この町を滅ぼしたのは、だれか。

問うがよい。
聞くがよい。

問えば、声は怒りに震えるだろう。
聞けば、こころは悔しさに疼くだろう。

ひとはこの辱めに耐えられない。

これを、悲しみとは呼ばぬものを。
これを、祈りとは呼ばぬものを。

ひとよ。
拳ではげしく、地を叩け。

あまねく山河に、火を放ち
悲しみに、火を放て。

あの日から
草は疼き
ひとは痛みを負った。

無残やな

あの日から、修羅になった。
錦の直垂《ひたたれ》に、
白髪、ふり乱して。

今際《いまわ》の際《きわ》の叫びが
耳に聞こえてくる。

波に洗われた破屋の
柱ばかりの母屋の向こうには
波にえぐり取られた海岸線の

無残。
松林の消えた砂浜には
戻ってこないひとたちが今も波にもがき苦しんでいる。
見えているだろうか。
あなたは波間から手がのびた武士《もののふ》となって。
朱色に染まる夕日のように、刀剣を振りかざして。
魂は、地の霊となり
ここにいつまでもとどまるのだろう。
墓碑銘に刻まれた無念よ。
こちらの岸からむこうの岸へ

軽々と渡っては、あなたは汚辱をかき回して。

ひとは
そのたびに
鎮まれ、鎮まれ、と。
無残やな、無残やな、と。

血まみれの甲《かぶと》の下のきりぎりす

(どこにあなたは眠るのだろうか。)

まだ、あの日の炎はくすぶり続けている。

Ⅲ

ひとの気配も

そこからいつのまにか道は途切れていて
鬱蒼とした丈の長い草地には
ひとの気配も消えている。

目に見えない境界線を、
ひとつ。ふたつ。
越えた。

ここには、ひとの暮らしも日々の営みもない。

変わらない日常の先にある
落とし穴。

気づかなかった。
そこでは
いのちが枯れ葉のように軽いなんて。

土地は
汚染された水に、ふわりと浮いていて
その水底に堆積していくわたしたちの不安。

ひとは
放射性物質の半減期を引っ掻いて
不浄を洗い落とそうとしている。
けものは

繁茂した草葉の陰で息を潜めている。

途切れてしまった
暮らしの境目辺りでは
白い防護服を着たひとがおおぜいで

(除染作業員だろうか)

闇を手探りで進みながら
川底の石や砂を洗っている。

あしもとを
汚染水が流れていて
汚れたままの泥や水に
いのちを浸しているひとよ。

この地では
けものの鋭い嗅覚ですら
生き延びるための知恵とはならない。
危険を察知する金属音が鳴るたびに
見えない湿った恐怖が襲ってくる。

苦しいぞっ。

警戒を怠ってはならない。
耳障りのよいことばは、拒絶せよ。
陥穽の罠に、もっと耳目を研ぎ澄ませよ。

ことば

この森では、ことばに気をつけよ。

どこからか、誘惑の枝が伸びてきて。
禁忌の葉も繁って。
耳障りのよいことばが、甘い香気を放って。
いつのまにか
背後に忍び寄っているかもしれない。

ことばの柔らかい肌にも
だまされるな。

飾りにも、目を凝らせ。
うっかり見とれてしまうと
ずぶっずぶっと、快楽の色に染められてしまう。

ことばの芳香に包まれても
痛みを、決して忘れてはならないのに
どうしてだろう。
掬っても、掬っても
両手からこぼれおちて
ひとのことばは、移ろいやすい。

染まってなるものか。
まばゆさに、気をつけよ。

ひとは

きめの細かい玻璃で、脆くて壊れやすい。
ことばは
手に負えない凶器にもなる。

什器のような冷《さ》めた手触りの
ことば。
ひとの温《ぬく》みを忘れてしまった
ことば。
無表情なうわべばかりの
ことば。

森は、感じているのだろうか。
受けとめているのだろうか。
痛みを。
いのちを。

嚙む

貼られたことばを
いくら暗唱してみたところで
時が経てば
剝がれていくのだろう。
ことばがそこで立ち上がるとしても
やはり、ひとは逡巡する。
迷い
ためらうのは
思い通りにならない力が
波のように絶えず押し寄せてきて

ことばを、挫《くじ》くからだろう。
ひとを、俯《うつむ》かせるからだろう。

真冬の月が、天心に位置して
青白く照らされたひとのことばは
袋小路の籬《まがき》から
するりと抜け出し
川濠にぽっかりと死体のように浮かんでいたりする。
ひとの背中で笑うことばもある。

既に、あなたは
黄泉比良坂《よもつひらさか》を、越えただろうか。
同行二人で
昏い空を見あげると
耳の辺りで、また

ゴボゴボと、水が襲ってきて
甘く誘う水は、とても苦い味がする。
それを掬っては
のどから、滔々と流し込む。
そうすることを強いられたわけではないが
ここでは、もうすべてのかたちが
おぼろげな輪郭にすぎなくて
こころは、頑ななまでに
けものの気配に満ちている。

こどもは
貼られたことばを
繰り返し、復唱している。
わたしと妻は
その傍らで野草を摘み

ぎりっと
そのいのちを歯で嚙む。

土地の草は、わたしではないひとの味がする。

準縄《はかりなわ》は、わがために

そこは、いつか
喜びの地となるのだろうか。
無花果《いちじく》の葉よ。枝よ。果実よ。
楽園《エデン》から追われて
わたしたちは、この土地で生きる。
それは、何という残酷で耐え難い宿命だろうか。
ひかりが消えて

ここは、閉ざされた禁忌の場所。
闇に包まれた、無人の廃墟。

この無残な地に
ひとは、今、試されようとしている。
(準縄《はかりなわ》は、恩寵であるのだろうか。)

日に日に深まっていく、不安がある。
苦しみも
けっして癒えることはないだろう。

土地は、いつも疼くだろう。
土地の痛みは
わたしたちの肉の痛みだから

それが、ひとから消えることはない。

「準縄は、わがために、楽しき地に落ちたり。*」

父よ。母よ。
わたしは、罪深きひとなのですか。

いいえ。あなたは、この土地を耕すひと。
いいえ。あなたはいのちの種をまくひと。
いいえ。あなたは、災いを収穫するひと。

土地の痛みの苦しさは
臓腑の、こらえきれない激しい痛みそのものだから。

ひかりよ。準縄よ。

天上からあたたかなまなざしを降り注ぎ
「楽しき地」を、やさしく照らせ。
呪われた痛みの土地に、激しい憤怒を叩きつけろ。

いのちの叫びが聞こえるだろう。
吐息が、震えているだろう。

＊聖書・詩篇第16篇より。準縄とは、大工道具の一つ、墨縄のこと。ここでは、正しさの基準の意。

辱められている

必ず帰らねばならぬと、みずからに言い聞かせながら
火に燃える町を迂回して
苦しみの土地を抜けた。

なにが大地を激しく揺らすのか。

揺れの果てに
震えているものが、海を溢れさせ
真夜中、高い火柱があかく空を染めた。

小雪混じりの冬空を覆って
震えているのは
こころばかりではない。
この世の果てまで
地上のすべてが震えている。
茂みに隠れて、鳥は空を飛ばない。
地に身を沈めて、獣はじっと息を潜めている。

どこか遠いところから
ゆがんだ大地の悲鳴が近づいてきて
地軸が小刻みに
こころとからだを震わせてやまない。
息を震わせてやまない。

襲ってくるただならぬ気配に

ここにいてはならぬと促されて
ひとは、いくつもの町や村を駆けぬけた。
この世でなにが起きているのか
それすらもわからぬまま
北を目指して
ひとは、いくつもの山と川を越えた。
なんども問いを反芻し、自問をくりかえしながら。

いったい誰に。
そして、何のために。
わたしたちはかくも試されねばならぬのか、と。

かつて

この地に撒かれた火の種は
破壊されることのない頑丈な容器に納められて
ひとの暮らしの安寧を約束した。
未来永劫、永遠に、と。

約束はわずかな地の塩と米をもたらすだろう。

幾重にも防御された容器と方形の建屋のまわりで
ひとはうぶすなに祈り、土地を耕す。
夕焼け小焼けの集落に日は沈み、地に撒かれた火の種は
ふたたび朝のひかりを運んでくる。

ささやかな願いを託して
ひとは草のように地べたに生きるだろう。
日々の暮らしの傍らで

歳月はつつましい約束のように訪れるだろう。

あっ、山河が小刻みに震えて。
あっ、安寧が突如破られて。
あっ、あっ。
あの日。

火の種が
頑丈な容器から熔け落ちて
地にばらまかれた
見えない恐怖の、むすうのかけら
危うさが約束の地を揺らす。
震えて縮みあがった土地に

唐突にもたらされたのは
　得体の知れない
　　地の汚辱
　　海の汚辱
　　空の汚辱

わかっていたはずなのに
永遠などどこにもない、と。
気づいていたはずなのに
あれは偽りのことばにすぎない、と。

　見捨てられて
不安に膝を抱えて

恐怖におびえて
どれほどひとは眠れぬ夜を過ごしただろうか。
火柱につつまれた祭壇には
むすうのいけにえが差し出されて
海辺にはうずくまったまま息絶えたひと
あってはならぬことが
ここではいたるところでおきた。
いのちが置き去りにされて。
ひとの暮らしが奪われて。
こころをいくたびも引き裂かれて。

なぜだろう。
ここでは

ひとであることが、辱められていて。

いまもなお
あたりまえに、ひとであることが辱められていて。

罠

めそめそとして
もどりたい、なんて
口にするな。
もとのからだに
もどりたい、なんて
言うな。
たとえ
胸が張り裂けそうになっても
こころが喘いで
大声で叫び出しそうになっても
奥歯でギュッとふるさとを噛みしめ

こぶしを
ことばのように呑みこんだ朝を
忘れてはならない。

地団駄を踏む
はだかのあしうらが冷たくても
責めを負うはずの厚いくちびるが
答えを白く裏返して語るの聞いても
痛い、とか
苦しい、とか
言ってはならぬ。
くやしい、と
口に出してはならぬ。
たとえ、歪められ汚れても
もとの衣装を身にまとい

もう一度
もとのからだにもどれるのなら
苦しくはない。
こころが逆さに強いられても
柵に囲まれた
象のように強がっていられる。

みちのくの寒いことばを届けたい
ひとの空は
まだ、高く届かないところにあって
開いた傷口は
治癒の見込みすらない。
ありふれた一日の
どこにでもある夕餉のひととき。
それが

ここでは
はなびらのようにむしりとられて
願いを叶えようとすれば
いのちまでも奪われる。
どこかにおそろしい罠が待ち構えているようで
口にすると
もとにはもどれなくなる。

めそめそとして
泣きベソかいている
草も木も花も、土も空も海も
もはや
もとのからだにはもどれない、なんて
いいかい、
決して声に出してはいけないよ。

桃色の舌を垂らして

毛皮に身を包み
桃色の舌を垂らして、地をさまよう。

おれは、愚かな一族の末裔である。

嗅覚は鋭くなった。
足腰も衰えてはいない。
敵を、瞬時に嗅ぎ分け
捕獲することもできる。

涎を垂らし、牙をむく
無頼な野生も
どうにか、近ごろは身についてきた。

けものの滅びの味覚を
桃色の舌で愛《め》でながら
死と戯れて
いのちの切れ端をひと息に呑み込むのが
おれの快楽。

それは、罪深いことだろうか。

けものの快楽に身を委ねて
野蛮なおのれを、生きる。
けものには

あたりまえの日常が
今のおれにはある。

牙をむくから
殺戮されるのだと
教えてくれたのは、どこの誰《どいつ》だったか。

たとえ、牙をむかなくても
文明の野蛮は
けっして殺戮をやめないだろう。

愚かなけものだ、おれたちは。
その先に、いのちの未来があると信じている。

愚かな末裔だ、おれたちは。

けものの毛皮で身を包み、荒い息で涎を垂らしながら。
桃色の舌が、ヒリヒリと焼けるように痛い。
決して抜けぬ棘のように。
二度ととりかえしのつかぬ悔恨のように。

小高は、今　スベトラーナ・アレクシェービッチさんと小高を歩く

二〇一五年にノーベル文学賞を受賞したベラルーシ在住の作家、スベトラーナ・アレクシェービッチさんが昨年（二〇一六年）十一月に来日し、原発事故の被災地を訪れた。小高は、震災と津波と原発事故の三重苦に襲われた福島県の太平洋岸に位置する。事故を起こした福島第一原発から二十キロ圏内にあって、住民は避難を余儀なくされた。しかし、昨年七月にその避難指示が解除され、わたしはNHKの番組（BS1スペシャル『アレクシエービッチの旅路』二〇一七年二月十九日放送）のクルーとともに、小高駅に降り立ったアレクシェービッチさんを迎えたのである。

十一月にしては異例の寒波が押し寄せ、東北でも温暖な土地なのだが、三日前には初雪が降った。この日も寒い朝だった。アレクシェービッチさんは日本へ来たばかりで、温暖だと聞いていたのに予想外の寒さに驚いている様子。防寒具に身を包んでマフラーを巻き、体調は十分ではないように見受けられた。体の具合はいかがですかと尋ねると、「大丈夫ですよ」とにっこり微笑んでくれた。小高の駅舎の前で、駅から続く一本道の大通りを眺め、地震と津波があの日この町を襲い、家屋が幾つも倒壊したこと、津波が海岸から二キロも内陸のこの駅まで押し寄せたこと、流されてしまった家屋も多かったことなどを話した。

七月に小高の避難指示は解除されたが、やはり戻る住民の数は多くなかった。予想されたこととはいえ、少ない帰還者数は、町の今後に不安を抱かせる。小高の人口は、震災前に一万二千人

余りだったが、七月に戻った住民の数は、九百人余りにすぎない。しかも、帰還者の約六割は、六十五歳以上の高齢者なのである。

アレクシェービッチさんとJRの跨線橋に続く階段をゆっくりと登り、その高台から津波に襲われた海沿いの集落を見渡す。そこで、津波にのみこまれながら翌朝に奇跡的に帰還できた少女のこと、その少女は今もなおトラウマに苦しみ続けていることなどを話した。原発事故によって津波の翌日には避難せざるを得なくなって、満足に行方不明者の捜索ができなかったこと、この少女のように海岸にたどり着いて救える命がまだ残されていたかもしれないのに、見捨てざるを得なかった無念さについても。わたしの伯母と従妹もまた、津波でまだ行方不明のままであることも話した。アレクシェービッチさんはわたしの話を聞きながら、言葉少なにじっと海岸を見つめていた。津波の大きさはどのくらい？　どこまで津波はきたの？　行方不明者の葬式はどうしたの？

アレクシェービッチさんの住むベラルーシには、海がない。津波について、もっと知りたいと思ったのだろう。是非、海を見に行きたい、と言った。

それから、小高の海岸に向かった。その海岸を十キロほど南に下れば、事故を起こした福島第一原発がある。あの日から、海岸線の風景は一変した。震災後に築かれている高い堤防。海岸の美しい松林はことごとく津波で消えた。アレクシェービッチさんは、寒さに白い息を吐きながら、小高の海岸に立ち、じっと海を見続けていた。

ウクライナのチェルノブイリは、一九八六年に大きな原発事故を起こした。既に三十年を経過した今でも、廃炉は完了していない。アレクシェービッチさんの著書『チェルノブイリの祈り』は、この原発事故の被災者の貴重な記録文学である。とりわけ、消防士の妻、リュドミーラの言葉は想像を絶する。悲痛な体験が強く心に響く。それは理不尽な現実に抗う魂の声だ。

原子力災害は、〈わたしたちが経験する新しい世界の問題であって、今までのわたしたちの経験が全く役立たない〉とアレクシェービッチさんは言う。消防士の妻の証言が衝撃的なのは、チェルノブイリで被曝した消防士の姿に、福島の原発事故の被災地の現実が二重写しに見えてしまうからだ。放射線被曝によって、暴力的に夫を奪われてしまう悲惨さは、汚染された福島の被災地の悲惨さに重なる。住民の立入が禁じられ、強制的にその地から排除されてしまった。そして、放射線被曝の恐怖、それは暴力的に襲いかかってくる死の恐怖にほかならない。それらは、原子力災害の被災地に共通する悲惨さなのである。福島の地にあって、被曝の恐怖に怯えながら、奪われた土地を求めざるを得ない住民の姿に、わたしたちは原子力災害の痛ましさを実感する。

〈これは日本だけの悲劇なのか？　それとも、全体の？　これだけの惨事が起きても文明の力を信ずる気持ちは揺るがないのだろうか？　わたしたちの価値観は？　恐怖だけがわたしたちに教訓をもたらす力を持っている〉。福島の原発事故の報に接した時、アレクシェービッチさんはこのようにわたしたちに問いかけた。そして、被災地を自分の目で見て歩きながら、その土地の記憶を探し求める。それはチェルノブイリでも、ここ福島でも同じこと。『チェルノブイリの祈り』で語られた無名者の声は、まさに福島の被災地の姿であり、人としての自然を奪われた不条理な現実のことである。

福島の被災地で新たに露呈したのは、わたしたちを悲惨に追いやる得体の知れない強大な権力とそれに対する恐怖だったのではないか。原発事故は、現象の背後に隠れて見えなかった闇を露呈させた。アレクシェービッチさんが語るのは、そのような原子力災害の恐怖、その背後でわたしたちを束縛し抑圧する巨大な何者かについての告発にほかならない。不可視の、個人の力が及ばない、得体の知れない権力の所在について、アレクシェービッチさんは問う。目に見えるものについて語りながら、見えないものの正体をあぶり出そうとする。原子力災害の悲劇ばかりを語っているのではないことは明らかである。自ら体験した旧ソ連時代の暴力的で強制的な抑圧。人が人であるための尊厳を奪ってしまう不条理。消防士の妻の姿は、その理不尽さに抗う者の苦しみそのものとして印象的である。

福島は、今も恐怖の前に立たされている。小高で、アレクシェービッチさんを案内して歩きながら、この災いによってどのような真実が明らかになったのか、または明らかにできるのか、わたしも含めて福島はそれを今問われているように感じた。

初出「現代詩手帖」二〇一七年三月号

齋藤 貢（さいとう・みつぐ）
一九五四年、福島県生まれ。
詩集に『魚の遡る日』（一九七八年、国文社）、『奇妙な容器』（一九八七年、詩学社）、『蜜月前後』（一九九九年）、『モルダウから山振《やまぶき》まで』（二〇〇五年）、『竜宮岬』（二〇一〇年）、『汝は、塵なれば』（二〇一三年、以上思潮社）

夕《ゆう》焼《や》け売《う》り

著者
齋藤《さいとう》貢《みつぐ》

発行者
小田久郎

発行所
株式会社思潮社
〒一六二―〇八四二　東京都新宿区市谷砂土原町三―十五
電話〇三（三二六七）八一五三（営業）・八一四一（編集）
FAX〇三（三二六七）八一四二

印刷
三報社印刷株式会社

製本
小高製本工業株式会社

発行日
二〇一八年十月一日　初版第一刷
二〇一九年四月二十日　第二刷